# la fin du monde

Un récit de **Pierre Wazem**
Dessin et couleur de **Tom Tirabosco**

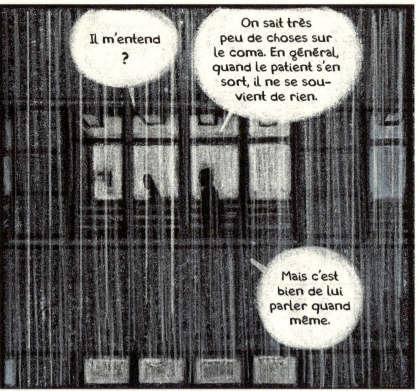
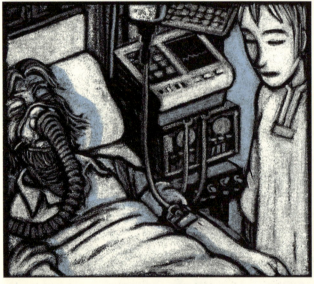

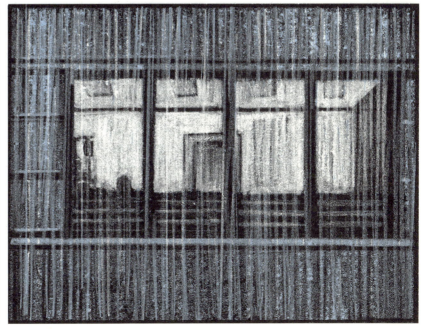

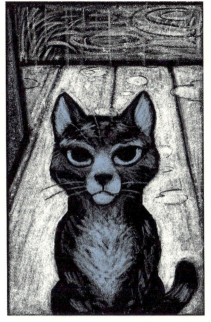

Je vais m'occuper du chat.

SLAM

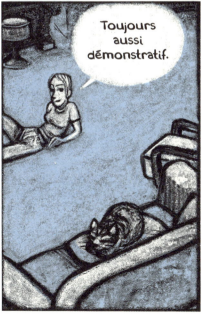

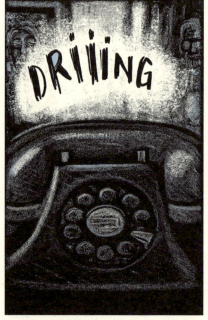
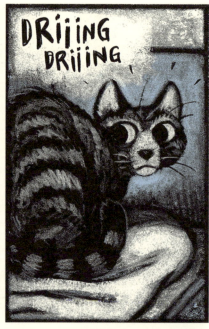

Vous êtes sûre que vous ne voulez pas vous coucher ?

Non, non ! Ce fauteuil fera très bien l'affaire.

Ce qui va bientôt vous être offert, vous y avez droit.

Je comprends pas toujours bien ce que vous voulez dire...

Reposez-vous. Vous verrez demain...

?

Je ne sais pas à quoi j'ai droit.

Très tôt, j'ai eu l'impression d'avoir tout vécu et tout vu. J'avais envie de partir avant le processus de décrépitude.

Ooouh... Ça tourne !

C'est incroyable, mais je crois bien que je vais m'endormir. Ça fait une décennie que je n'ai pas...

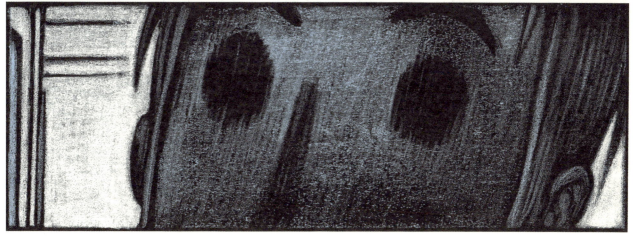

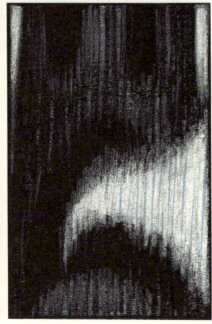

CRAC !

Par moments, je regrette vraiment ce foutu plancher !

Comment il était ?

Je me souviens qu'il avait un mot à lui, rien qu'à lui...

Quand quelque chose lui plaisait...
...il s'exclamait : "Alors ça ! C'est topomir !"

C'était à lui. Un truc que les grandes personnes ne pouvaient pas lui prendre.

Il aimait ta mère... Mais bon sang, qu'est-ce qu'ils s'aimaient ces deux-là.

Et moi, je le faisais rire. Je crois que j'étais drôle...

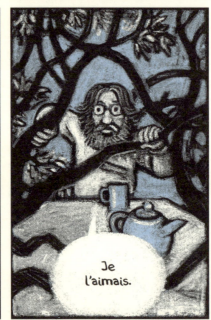

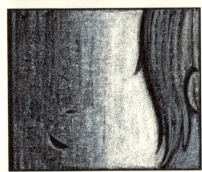

C'est bon de te retrouver, mon chat.

Des mêmes auteurs

**Éditions Les Humanoïdes Associés**

Week-end avec préméditation

**Éditions Casterman**

Monroe

De Tom Tirabosco

**Éditions Delcourt**

Le Colporteur
*récit de M-C Arn*

**Éditions Atrabile**

Cabinet de curiosités

**Éditions Casterman**

L'Œil de la forêt

**Éditions Casterman**

Léo & Léa
*(3 tomes parus)*
*Récits de Véronique Grisseaux*

**Éditions La Joie de Lire**

Le Dessert

**Éditions de l'An 2**

Temps de canard

De Pierre Wazem

**Éditions Papiers Gras**

Livre Vert Vietnam

**Éditions Atrabile**

Promenades
Presque Sarajevo

**Éditions Les Humanoïdes Associés**

Bretagne
Comme une rivière
Le Chant des pavots
*Récit de Alain Penel*
Sur la neige
*Dessin de Aubin*
Koma
*(5 tomes parus)*
*Dessin de Frédérik Peeters*

**Éditions Casterman**

*Les Scorpions du désert*
*Le chemin de la fièvre*
*d'après Hugo Pratt*

**Éditions La Joie de Lire**

Le Pingouin volant

www.futuropolis.fr

© Futuropolis 2008
Droits de traduction, de reproduction et d'adaptation réservés pour tous pays.

Conception et réalisation graphique : Didier Gonord pour Futuropolis

Cet ouvrage a été imprimé en septembre 2008, sur du papier Munken de 130 g.
Photogravure : Color'Way
Imprimé chez Lesaffre à Tournai, Belgique.

Dépôt légal : août 2008
ISBN : 978-2-7548-0122-5

717148